AW

Im Sommer 2010 begann ich in Italien Aufzeichnungen zu machen, schnell und ohne das Geschriebene noch einmal zu lesen. Sechs Jahre später habe ich auf die gleiche Weise ein Notizbuch geführt, beide Fassungen überarbeitet, neu zusammengestellt und zur Veröffentlichung freigegeben. Spontane Prosastücke, Miniaturen, unvollendete Geschichten über Freundschaft und Liebe, und die Vergänglichkeit des Lebens.

Adelhard Winzer, geboren in Karlshuld/Bayern, verbrachte die ersten Kinderjahre auf dem Bauernhof seines Onkels, Mitbegründer verschiedener Bands, Reisen durch Europa, Kinderbuchveröffentlichung „Andreas", Georg Lentz Verlag, München, Bankangestellter, Bankkaufmann, intensive Schreib- und Zeichentätigkeit, Ausstellungen in Neuburg an der Donau, München und Umgebung, zwei Stücke im Cantus Theaterverlag, Eschach: „Krethi und Plethi" – „Das Korkenspiel", weitere Buchveröffentlichungen: „Die Sprachgrenze" – „Lügengeschichten" – „Stockholm Blues" – „Hundert Zeichnungen" – „Grundsätze über die Kunst" – „Andreas (Reprint)" – „Venedig, von hier aus" – „33 Computer-Zeichnungen" – „Der Pensionist" – „Italienische Skizzen" – „Die kürzeste Liebesgeschichte der Welt" – „Die Kunst des Drachentötens" – „Lieblose Zeiten" – „Liebes, böses Kind" – „Maratonga", BoD – Books on Demand, Norderstedt, lebt im Chiemgau.

ADELHARD
WINZER
STRANDGUT
Miniaturen

Bibliografische Information der
Deutschen Nationalbibliothek: Die Deutsche
Nationalbibliothek verzeichnet diese Publikation
in der Deutschen Nationalbibliografie.
Detaillierte bibliografische Daten sind im
Internet über http://dnb.dnb.de abrufbar.

Herstellung und Verlag:
BoD – Books on Demand, Norderstedt
Umschlagzeichnung:
Adelhard Winzer

ISBN 9783-750442276

STRANDGUT

Und ein purpurroter Vollmond erschien am taghellen Himmel

Ist das Leben umsonst? Der Strand und die Parkplätze? Der Müll? Die großen und die kleinen Sünden? Das Sonnenlicht? Warum nicht auch noch das Meer versteuern, die Möwen? Da will man gar nicht mehr aus dem Haus, falls man eines hat. Der Weg ist voller Überraschungen. Dafür soll man was hergeben? Gibt man nicht täglich etwas her? Wird man nicht Tag für Tag älter? Kommt man sich dadurch näher? Wohin gehst du? Wem kannst du vertrauen? Die Erde ist dir untertan, heißt es. Die Regierung nicht.

Der schreibt das Leben ab, der andere bewundert es, während der dritte alles lächerlich findet. Die Frau will hier übernachten. Da könntest du halten. Hier lieber nicht. Es fehlt an Geld. Nur ein Teil oder alles? Der Mann kennt das Feld, hat den Samen. Das muss weg, sagt er, das soll stehen bleiben. Der hat recht. Der andere nicht.

Die Frau meint es gut mit dir. Schau nicht hin, geh weiter. Jeder Gedanke verliert sich. Du musst es noch lernen. Was anders aussieht, sieht bloß so aus. Alles beginnt von vorne. Hat es schon begonnen?

Miteinander geht es besser als ohne einander. Hast du die gleiche Erfahrung gemacht? Das soll im Film dein Gemüt anrühren, tut es aber nicht. Weit entfernt von Gut und Böse. Das ist der Weg.

Hier geht jemand an dir vorbei, ohne dich zu beachten. Musst du dich verstecken? Du bist empfindlich, ich bin es nicht. Selbst zuhause fühlst du dich nicht zu Hause.

Rundherum im Quadrat, kein Zusammenhang. Nichts, was dich neugierig macht. Kein Vorsatz. Dorf oder Stadt, was ist dir lieber? Kein Verkehr, Ruhe. Dampfplauderer, der du manchmal bist. Kein Radio, kein Fernseher. Leere Straßen. Alles vorhanden in dir.

Wie viele Kirchen gibt es auf der Welt?
Setz mich bitte nicht unter Druck. Du
willst alles gleich haben, und gleich
heißt sofort. Große und kleine Kinder. Hier ist die Welt. Jetzt ist der Zeit-
punkt. Erscheint etwas Neues, wollen
es alle haben.

Hier sehnen sich die Menschen nach Frieden, dort gehen sie sich aus dem Weg. Hier hat alles begonnen, dort fängt es an.

Es hat vier Monate lang nicht geregnet. Wer weiß, was der Tod ist? Jene, die mit ihm spielen, ein Schauspiel machen daraus? Der da drüben? Sieht er nicht aus wie der personifizierte Tod? Frag ihn, tu so, als wüsstest du nichts vom Leben. Auch wenn du weißt, wer er ist, weißt du es nicht.

Dem fliegt alles zu. Der kennt sich aus, obwohl er nichts weiß. Nichts von Regen und Trockenheit. Nichts von Angst und Verzweiflung.

011

Wolken, Berge, Strandgut, Wellen. Das könnte dir gefallen. Bloß nicht euphorisch werden. Das hat was. Nein, lieber nicht. Warum? Es sieht aus, als wäre ich schon mal hier gewesen.

Der sucht sein Glück im Unglück. Der denkt sich nichts dabei. Das muss hier bleiben, sagt ein anderer. Wo es brennt, gibt es nichts zu holen. Der will da sein, wo es schön ist. Der hat hier nichts verloren. Der will Wein. Der andere klares Wasser.

013

Hier beginnen die Tage eine Stunde früher als dort. Egal was es ist. Die Leute wollen es. Stell dir vor, es gäbe alles umsonst.

Der will aufrütteln, Leute provozieren.
Da herrscht stillschweigende Übereinkunft. Hier ist das gemeine Volk, dort
die besseren Leute. Der hilft dir, der
hilft dir nicht.

Beim Aufstehen bereits ans Hinlegen
denken. Die Leute reden lassen, nichts
hinzufügen. Es hat nichts mit dir zu tun.

Hier leben die Leute mit Geld. Was
das bedeutet, kannst du dir vorstellen.
Das will man, das will man nicht. Es
sieht aus wie in der Wüste. Könnte ich
es einmal erleben. Alle sind ganz wild
darauf.

Für wen sind die Wolken? Für dich oder für mich? Bloß keinen Streit. Heute stellst du alles in Frage. Morgen denkst du dir deinen Teil.

Gedanken an eine besser Welt. Weil es so nicht weitergeht? Kommst du mit den anderen aus? Leben sie auf der Sonnenseite? Haben sie zu lange gewartet? Wer sehnt sich nach dir? Ist der Weg schon zu Ende?

019

Wir gehen im Kreis, verlassen das Vorgegebene. Der liebt das Ungewöhnliche. Der andere hat sein Leben noch vor sich. Wer das versteht, ist weiter als die andern. Überredungskünstler. Wir haben genug gehört. Unser Morgengebet geht keinen was an.

Morgen, Mittag und Abend. Nein, lass sie fliegen die Gedanken, sonst sind sie dir im Weg.

In die entgegengesetzte Richtung gehen? Die festgefahrenen Wege verlassen? Das Blaue nicht so benennen,
weil es schwarz ist? Schreib auf, was
du siehst!

Hier gehen die Leute linksrum, da gehen sie rechtsrum. Wenn sie dir begegnen, schauen sie auf die Seite. Du
gehst allein durch die Straßen, siehst
Sachen, die du vergessen willst.

Warum wird die Liebe rot? Warum
tanzen Pferde nicht? Hat der Himmel
ein Loch? Ist das richtig, ist das falsch?
Gibt es hier bessere Äpfel? Was ist dir
lieber?

Ein Kind fängt zu weinen an. Wer kennt die Gründe? Damit will ich nichts zu tun haben. Hier singen sie ein Lied. Das hört sich gut an, das noch besser. Was wärst du allein auf der Welt?

Die Sonne geht auf. Dunkel der Mond. Hell die Sterne. Das Gute, das Schlechte. Den habe ich gekannt, den andern nicht. Was weiß ich und was wissen die andern? Was ist sinnlos? Was willst du erreichen? Gelingt dir alles? Wer sagt die Wahrheit? Welche Wahrheit?

Ohne mit der Wimper zu zucken, hat er dich allein gelassen. Keiner weiß, was nachkommt. Beobachte dich nicht. Freunde fürs Leben? Das sind Ausnahmen! Das große Glück musst du nicht suchen. Die Leute lügen sich an. Es ist gut, dass es dich gibt. Damit es dir leichter fällt, lass es geschehen. Stell dich nicht in den Vordergrund.

Wochenlang kein Bedürfnis, dann willst du es drei Tage lang hintereinander. Gierig, rücksichtslos, bestialisch. Nur wenn du allein bist, kommt niemand zu dir.

Kennt alles, weiß alles, kann alles –
wieder so ein lächerlicher Mensch!

Du täuscht dich. Die Frau hat was von einem Besserwisser. Was schön aussieht, muss es nicht sein.

Hier überschlagen sich die Ereignisse.
Dort passiert nichts. Hier geht es lang.
Lass dich nicht aus der Ruhe bringen.
Alles weiß keiner. Bleib nicht zu lange,
sagt die Mutter. Geh nur, der Vater.
Wo willst du hin? Das glaube ich dir
nicht. Da steckt was dahinter.

Als die Frau versuchte, das Buch zu verstecken, fiel es ihr aus der Hand.

Es ergibt keinen Sinn, sagen die einen. Die weiß nichts vom Leben. Der ist dir ein Dorn im Auge. Mich interessiert er. Mach nur so weiter. Das erledigt sich von selbst. Die Leute lassen dir keine Ruhe. Ich weiß, sie trauen dir nicht. Du siehst es an ihren Blicken.

Heute hast du einen Teil vom Ganzen
erhalten. Der Zahlenexperte versprach
dir das Beste. Das Größte, Schönste.
Glaub es, wenn du willst. Vorbilder
ändern sich. Religionen nicht.

Kinder werden geboren. Denk daran,
wenn du aufstehst. Die Angst ist verschwunden. Zeit der Vergebung. Das
Flussbett ist ausgetrocknet. Das Meer
noch vorhanden. Unordentlich der Morgen.

Der Kommandoführer wird Komman-
dant genannt. Er hat das Sagen, sagt es
auch, will nicht, dass du etwas willst.
Hier ist es schön, sollst du sagen, dann
kommt ein neuer Befehl. Daran musst
du dich halten. Hast du die Übersicht
verloren? Weißt du, wo alles zu finden
ist?

Hinter der Mauer ein Neuanfang. Jeder muss Lehrgeld bezahlen. Über die Felder fliegen die Schwalben. Welches Wort macht dir Freude? Wer gibt dir ein gutes Gefühl? Denkst du an die Vergangenheit? Brauchst du Hilfe, soll dir jemand zur Seite stehen?

Nichts ist so, wie du es haben willst.
Es gibt nichts, was du nicht hast. Und
wo sind die Jahre hingegangen? Wer
etwas nicht weiß, muss es nicht wissen.
Alles ist wertlos, nichts hat an Wert ge-
wonnen.

Der Wind kommt von links. Dort war ich noch nie. Was ist gut? Was ist schlecht? Die Sonne steigt über die Hügel. Eine Linie, ein Bogen, dabei unberechenbar. Wie willst du den Tag beschreiben? Wirst du fertig damit?

039

Bist du auf Reisen und die Menschen schauen dich neugierig an? Stimmt etwas nicht mit dir?

Hier ist alles größer als dort. Hier scheint die Sonne länger. Hier sind die Menschen freundlicher. Dort verdient man wesentlich mehr. Jeder kann sagen, was er will. Jeder ist aber nicht jeder. Ich bin nicht du. Wie schön für dich.

Alles liegen lassen und neu beginnen. Nichts sagen, sich nicht erinnern. Die Leute reden zu viel in den Dörfern, in den Städten. Das ist ein Wunsch, der sich nicht erfüllt. Woher kommen die Gedanken?

Hast du deine Meinung geändert, nur weil dich die andern im Griff haben? Weißt du, wer dich dirigiert? Jemand hat einen Grundstein gelegt und du weißt nicht warum? Hier gibt es nichts zu lachen. Wie weit musst du gehen, bis du zufrieden bist?

Gegen alles sein, aber einen großen Konzern im Hintergrund haben. Sich trotzdem nichts gefallen lassen. Wer das versteht, ist schon einen Schritt weiter.

044

Hier haben allein die Einheimischen
das Sagen. Die zeigen dir, wer du bist.
Was du nicht hast. Dies und das. Im
Grunde nicht mehr.

Heute hab ich ein Gefühl, als würde
sich alles erfüllen. Das Schlechte wie
das Gute. Der Tag wird aufgeschrie-
ben. Als ergäbe er einen Sinn.

Nachsitzen, allein mit dem Herrn Lehrer im Schulzimmer. Die Gegenstände bekommen einen anderen Sinn, wollen ihre ursprüngliche Bedeutung zurück. Man spürt die verlorene Zeit.

Du bist gescheiter als die Alten. Die Firmen machen trotzdem, was sie wollen.

Das Unsichtbare ist gefährlich. Siehst du die Strahlen? Die kurzen Nachrichten? Millionenfach am Tag umkreisen sie die Welt. Aus einem Liebeslied wird ein Kriegslied. Links wird rechts. Das Gute schlecht gemacht. Die Nacht zum Tag. Das Schöne hässlich. Die unsichtbare Macht.

Auf dem Land herrschen andere Gesetze. Da vergisst man nicht so schnell. Da geschieht auch nicht viel. Da wird das Leben genauer beobachtet. Da geht es schneller an dir vorbei. Dort gibt es Salat auf dem Feld, Rüben, Kartoffeln. Das Vieh ist kein Schimpfwort mehr. Das Kleine größer als du denkst.

Einer sitzt in Paris mit russischen Vorfahren. Als wäre er etwas Besseres.
Weil er russische Vorfahren hat? Der
andere in Berlin mit blauem Blut. Berlin. Paris. Wer ist dir im Weg?

Du bist nicht dein Nachbar. Da kannst du froh sein. Im Guten genauso wie im Schlechten. Nichts bewegt sich. Alles bleibt stehen, ändert sich.

Mittendrin willst du aufhören, nichts mehr wissen von deinem Vorsatz. Es werden neue Pläne gemacht, Entscheidungen getroffen, von niemandem eingehalten.

Auf was du wartest, weiß ich nicht.
Die Leute erzählen sich Geschichten,
die andere vor ihnen erzählt haben.

Der Stern will nur Stern sein. Obwohl
die Sonne scheint, siehst du ihn nicht.
Das Licht im Flur bedeutet dir nichts.
Die Blume im Garten hat damit nichts
zu tun.

Vor dem Sonnenaufgang versuche ich manchmal, an nichts zu denken. Nicht einen Gedanken mit einem anderen Gedanken verdrängen will ich, sondern allein hineinhören in mich.

Hier leben die Leute zurückgezogen.
Dann stehen sie nebeneinander, reden,
sehen ausgeruht aus. Als fehlte ihnen
nur noch ein Lächeln. Du siehst nicht
richtig. Wem gehört der Brief? Hier
stehen die Leute mit geschlossenen Augen herum.

Er hat Haus und Hof verspielt, nichts
gespart. Für was ist der auf der Welt?
Der Himmel blau, das Meer unergründ-
lich. Die Sterne leuchten. Ihm gehört
nichts mehr. Wer stellt das in Frage?

Du musst niemandem Rechenschaft ablegen. Glaubensfragen enden nie. Einer hat alles, der andere nichts.

Welche Farbe hat die Langeweile?
Eifersucht? Lüge? Was zählt? Was
überwiegt? Was ist nicht registriert?
Wirst du fertig damit?

Die Kinder haben nichts mehr zu lernen. Die wissen schon alles, sind gescheiter als die Alten. Es gibt nichts umsonst. Selbst die Gedanken kosten Geld. Das ist die Welt. Sand im Getriebe, Öl im Feuer. Hier sind die Hügel, dort das Meer. Nur selten herrscht noch Übereinkunft.

061

Wer hat nichts zu verbergen? Wer braucht die Leute? Was wollen sie? Was wollen sie nicht? Haben sie etwas zu sagen? Wo ist die Grenze? Kennst du sie?

Du musst den Leuten zuhören, sie nicht unterbrechen. Der Tonfall, die Geste, der Glockenklang dazwischen gibt der Stimme ihren Ton.

Alles oder nichts. Was ist dir lieber?
Allein oder zu zweit? Die Natur weiß
alles. Die alles haben, kümmern sich
nicht.

Auf dem Baum bei den Zwetschgen.
Am Abend die Leute gehen nicht zur
Ruh. Es hat keine Bedeutung. Der will,
der andere nicht. Alle gehen rückwärts.
Der Anfang folgt später.

Wir gehen, wir laufen, wir fahren, wir rennen, wir bleiben stehen, wir drehen uns um, wir gehen rückwärts, wir gehen vorwärts, wir halten, ich und du. Es dreht sich, es bückt sich, es bäumt sich, es hüpft, es läuft, es rennt, es bleibt stehen, es macht nicht, was es machen soll. Was soll es machen? Still sitzen, ruhig sein, sich nicht bewegen, nicht gehen, nicht laufen, nicht rennen, nicht hüpfen. Nichts, nichts, nichts.

Der kleine Mann, der große Mann,
das Kind, die Mutter, der Vater, die
Schwester, der Wind, das Gras, die
Wolken, der Regen, der Sturm, der
Hagel, Trockenheit, Schnee, auf den
Händen gehen, lange Gesichter.

Blau ist der Himmel, schwarz ist die Nacht. Weiß ist die Glut, gelb das Ei. Du bist. Er ist. Es vergeht. Es kommt wieder. Ich will, du willst. Er macht es größer, der andere kleiner. Alles noch einmal.

Auf der Heide, im Wald. Zu Hause, im Zimmer. In der Fremde. Erinnerungen. Freud und Leid. Die wollen die Nachbarn nicht!

Woher kommt der Schmerz? Was ist gut? Wer hat Einfluss? Geht es dem Ende zu, brauchst du ein Ziel?

Es niemandem recht machen können, weil jeder ein anderes Recht hat. Das Fernsehen bringt dich noch um den Verstand. Die Geschichte der Menschheit. Das Ticktack des Blindenstocks. Der Mann hat etwas, was andere nicht haben. Das Unbekannte.

Komplexe sind keine Fehler. Sie hau-
en dich in die Pfanne, ohne dass du es
merkst. Nein, ich übertreibe. Wieso
und warum? Vor allem warum.

Am Sonntag werden sie gesprächig.
Am Sonntag lassen sie sich aus und
wollen jemand sein. Das ist lustig, das
ist traurig. Das hat etwas von einem
Theater. Der Sonntagmorgen. Der Mittag, der Abend. Fauler Sonntag. Kein
Blick, der sich lohnte, beantwortet zu
werden. Kinder laufen ins Freie, sind
hergerichtet wie Puppen. Schon ist der
Sonntag vorbei.

Ein Trauerspiel, eine Fahne, ein Vorbeter, ein Umhang, am besten, du tust
so, als würdest du sie kennen, die Religionen, nein, bleib lieber zu Hause,
die bringen dich nicht weiter, die machen dich fertig, wenn du dich fertig
machen lässt, es liegt an dir, da wäre
ein Platz, aber der ist nicht für dich,
sagt der Vorbeter.

Hier leben die Leute, die wissen, wie es geht. Das Kleine wird zum Schweigen gebracht. Langsam, nichts überstürzen. Lass dich nicht mit denen ein, die alles besser wissen.

Die Welle stammt von der Linie ab.
Der Kamm liegt auf der Welle. Der
Sand ist körnig. Das Bocciaspiel so
nahe, dass du die Kugeln sehen kannst.
Rot, grün, schwarz und gelb. Du hörst
den Wind, das Flattern der Segel auf
dem Schiff. Nein, es ist ein gefalteter
Sonnenschirm. Schatten im Sand. Der
Horizont ein unsichtbarer Strich über
dem Meer.

Viel mehr ist noch zu wenig. Wer nicht daran denkt, kann zufrieden sein. Zufriedener als der Reiche, dem egal ist, was wichtig wäre. Ein Ballspiel, Stimmen hinter dir. Du drehst dich um, hast deine Augen geschlossen, machst sie nicht auf. Niemand will wissen, was du nicht siehst.

Engagierst du dich zu sehr für eine
Sache, wird sie dir vermiest. Du gehst
im Kreis, willst es jedem recht machen,
aber das geht nicht ohne Widerspruch.
Du musst schauen, wohin du gehst.
Hier bin ich gestanden, habe gewartet
auf dich.

Schuhgröße, Zahngold, Schulbildung, Hautfarbe. Was noch? Es ist wichtig für dich und die anderen. Du musst durchkommen. Das war der Spruch, das wurde früher verlangt. Ein Mann muss wissen, was er will, woher er kommt, ob er geeignet ist dafür. Aber das weißt du nicht.

Der Wind trägt dich hinaus aufs Meer.
Möwen erzählen dir was von gestern.
Die Sonne nur noch ein Funke. Auch
deine Bewegungen werden langsamer.
Ein Segelflieger landet auf dem Wasser. Ein Tag im August, der nie wieder kommt. Die Häuser weit weg. Du
schwimmst um dein Leben. Am Strand
winken dir Leute zu. Du weißt nicht,
warum. Kein rettender Gedanke.

Ein Wort aus jener Zeit, als es dich noch nicht gab. Dann kam etwas Anderes. Wo alles aufhört, fängt es an. Da kannst du Gift darauf nehmen. Aber das weißt du nicht.

Wenn du allein bist, dauert es eine Zeit, bis du richtig bei dir bist. Das glauben die Menschen nicht, dass man alleine zurechtkommt. Die lauten Stimmen werden leiser. Deine Füße kannst du getrost auf den Tisch legen, wenn du willst. Du kannst du sein, falls es dich gibt. Du musst viel üben, dass du kein anderer wirst. Ganz allein mit dir. Willst du oder willst du nicht?

Ich habe genug gehört, das reicht.
Das Urteil der Menschen. Keiner weiß,
was es ist. Du musst es selbst erfah-
ren, nachschauen, nicht stehen bleiben. Hier ist die Grenze.

Wenn du nicht aufpasst, kann dein Leben ganz schön durcheinander geraten. Du bist selbst verantwortlich dafür. Hier hilft dir niemand. Die schönen Sätze sind dahin. Ein Unfall bleibt ein Unfall, auch wenn du nicht schuld bist daran.

Reiß dich zusammen. Verlass die Ne-
benwege. Es wird besser Tag für Tag.
Misch dich nicht ein. Finde dein Gleich-
gewicht. Wer denkt, du weißt nichts,
weiß nicht, was du denkst.

Du kommst nicht raus aus deiner Ver-
strickung. Das vergeht, meinst du, es
löst sich. Du hast nur dich selbst. So-
lange du dran bleibst, musst du nichts
ändern. Schau, was du lernen kannst
daraus.

Das Meer leuchtet grün in der Sonne.
Der Wind fegt darüber hinweg, nimmt
das Überflüssige mit. Sorgen und Leid,
gute Laune. Niemand will was von dir.
Bloß nichts durcheinanderbringen.

Sieh deine Fehler ein, auch wenn sie nichts mit dir zu tun haben. Sinnieren bringt dich nicht weiter. Geh zurück, wenn du willst. Auch wenn es geschehen ist. Es ist nichts geschehen.

Fluchtartig verlassen die Menschen das Wasser. Bäume biegen sich im Sturm. Badetücher fliegen über das Meer. Was einmal wichtig war, ein Blick genügt. Die Sauberkeit ringsumher. Wie ein Traum. Kein Zirkel mehr. Kein Metermaß, keine Verordnung. Den Tag musst du dir merken!

Die Leute schnüren sich mit elektro-
nischen Geräten. Gäbe es die Simula-
tion des Lebens, einen Computer im
Kopf, sie wären schnell dabei. Schau
dich nur um.

Der Wind hat sich gelegt, Kinder machen Lärm, sehen, was andere nicht sehen. Das gründliche Meer. Aufstehen, hinsetzen, alles liegen lassen, wo es gerade ist. Nichts ändern. Sich nicht wichtig machen. Die Sonne, der Wind. Die Sorgen tauchen unter, verankern sich.

Wenn mir etwas nicht gefällt, muss es mir nicht gefallen. Mein Weg ist nicht dein Weg. Man darf sich nicht alles gefallen lassen. Lach nur.

Die Wellen im Haar, die Wellen im Meer, die Wellen der Mode. Hier geht die Sonne auf, im Meer geht sie unter. Ich sehe die Insel, einen weißen Faden am Horizont.

Wer nichts denkt, ist besser dran. Die
Fische im Meer finden die Straße ge-
meinsam. Was hast du erwartet? Der
Stern am Himmel geht allein auf die
Reise.

Deine Liebe ist hier nicht zuhause.
Man hat sie vertrieben, will sie nicht
mehr. Bleib stehen. Die Sichtweise ändert sich.

Ohne viel Überlegung ist das gemacht
worden. Alle haben mitgeholfen, keinen Tag ausgelassen. Es hat Zeit ge-
kostet. Das bringt nichts, haben die am
Anfang nicht gesagt.

Musik ist hier nicht zuhause. Was dort geschieht, kannst du dir nicht ausmalen. Sie warten nur darauf, dass du untergehst. So weit ist es aber noch nicht.

Die Leute lachen gerne. Da leben auch
noch andere. Die gehen mich nichts an.
Hier spielt eine Frau Akkordeon, das
hat sie sich angelernt. Sie sagt, auf der
Höhe der Zeit müsste man sein.

Bleibt alles, wie es ist? Wissen das die Bettler in der Kirche? Das Licht ist so stark, dass es dich blendet. In den Straßen kommt der Wind von vorne. Die Nacht ist dunkel. Der Himmel so blau wie das Meer.

Ein Teil gehört mir, der andere dir.
So sieht es aus. Es stimmt. Du willst
nichts zu tun haben mit mir. Kein An-
haltspunkt. Der Weg hört hier auf, die
Gedanken nicht.

Wer wird von wem regiert? Die große Absprache? Wer hat sie erlebt? Eine Richtung gibt es nicht. Du musst sie dir suchen. Wer anders denkt, ist auf dem Holzweg.

Es ist nicht Nacht, es ist nicht Tag. Es
ist nicht finster, es ist nicht hell. Ein
Blick in den Spiegel genügt. Ein Gesicht, eine Linie, eine Narbe vielleicht,
nichts weiter. Jeder hat es schon einmal gemacht. Mit der Lüge fängt es an.
Nur will keiner etwas damit zu tun haben. Jeder weiß, worauf es ankommt,
und hält sich doch nicht daran.

Schwere Wolken hängen über dem Meer. Der Wind dreht sich, wird zum Sturm. Hunde zerren an ihren Ketten. Eine Möwe verheddert sich im Wolkenbruch, und die Leute flüchten in ihre Häuser. Bald sieht es aus, als wäre nichts geschehen. Nur sauberer die Umgebung, der Strand gereinigt vom Unrat der letzten Tage. Warum aber ändern sich die Menschen nicht?

Es kostet nichts, es ist fast umsonst. Es kostet dich nur die Zeit. Es macht dich nicht besser, es macht dich nicht schlechter, ein Zustand der schnell wieder vergeht. Man kann es nicht erklären, weil es nichts kostet, dich nicht besser macht, auch nicht schlechter. Es ist kein Gegenstand, tut nicht weh, bereichert dich nicht. Du musst aufpassen, dass du es nicht verlierst, wenn du es nicht besitzt.

Wer lobt den Morgen vor dem Abend? Die, die nichts zu verlieren haben, loben den Morgen vor dem Abend. Sie versprechen dir bei Regen die Sonne, bei Finsternis das Licht am Ende des Tunnels, den großen Gewinn. Das sind die, die die Nacht zum Tag machen, das Leben zum Tod.

Auch wenn ich zurzeit auf Erholung bin, kann ich mich nicht erholen, sagte die Frau. So eine Leere habe ich noch nie empfunden. Alpträume, Bilder aus der Vergangenheit verfolgen mich, quälen mich, martern mich. Genau das ist das Wort, das ich sagen wollte.

Das, was du am Morgen als Erstes
siehst, ist es hell oder dunkel, rot oder
schwarz, laut oder leise? Ein schönes,
ein hässliches Bild? Ein Film, der dir
Freude bereitet? Oder drehst du dich
noch einmal um, bleibst liegen bis zum
Abendrot?

Wenn alles verdorben ist, kommt nur
noch der Krieg in Frage. Dann stehen
sie auf, die Herrscher, jammern nicht
mehr. Wie froh sie sind, dass es endlich passiert. Die Ruhe vor dem Sturm!

An wen soll man denken in der Fremde,
wenn man niemanden mehr hat, an den
man denken kann, sich alle abgewandt
haben, als gehörte man nicht mehr dazu, von heute auf morgen die Familie
bloß noch ein gemeiner Gedanke geworden ist.

Man sollte es nicht zu laut sagen, aber auch nicht verschweigen. Die Leute nehmen Tabletten, für was, weiß ich nicht. Es geht gar nicht um Moral. Man will nichts hören davon. Weil man weiß, dass man recht hat, es nichts nützt, wenn man aufhört, es genau dieser Glaube ist, der einen weiterbringt.

Ich suchte die Straße zum Strand hinunter. Sie war einfach verschwunden. Dafür stand ein Kind an der Stelle, wo früher die Kreuzung war. Keine Ampel, kein Wegweiser, kein Hinweis auf Straßenarbeiten. Urplötzlich hörte die Straße auf, und ich blickte in den Abgrund, wo sich das Meer spiegelte im Himmel. Ein Traum, so klar und deutlich wie die Wirklichkeit.

Ich hatte keine Erklärung dafür, auch wenn ich sie suchte, weil ich mich verfahren hatte, am Straßenrand jemanden fragte, der auf ein Schild deutete. So verkrampft war ich, dass ich dachte, ich darf mich jetzt nicht verirren, alles, bloß das nicht, was würden die Einheimischen denken von mir.

So laut und deutlich sind sie manchmal, so verdruckst und verschwiegen geben sie sich, wenn es um die eigene Familie geht, noch lauter werden sie, beginnen zu lügen, gehen erschöpft zur Seite, schweigen vorwurfsvoll, selbst der Mann hinter der Bar, der meine Sprache verstand, stellte sich auf die andere Seite.

Er würde die Leute verteidigen hier, mehr als die Familie zuhause, die ihn ausgestoßen hat und verbannt. Schon gut, erwiderte die Frau, nahm ihn bei der Hand und verließ mit ihm die Bar. Draußen Sonne, dann Regen und Schnee. Und alles verfinsterte sich.

Man braucht nicht viel fürs Leben. Das Nötigste hat in einem Rucksack Platz. Bloß keinen Schrank mit hundert Fächern! Selbst ist der Mann und die Frau. Im Alter überlegt man zweimal, ob sich die Anschaffung noch lohnt. Ein neues Auto, oder das alte Modell ohne Sonderausstattung und Extras, die man sowieso nicht versteht. Bloß nichts übertreiben, wenn es schön langsam dem Ende zugeht, oder ganz plötzlich, mit einem Schlag.

Der Künstler trägt jetzt einen Hut, ko-
kettiert mit der Jugend, hat keinen
Humor und noch nie gehabt, einfach
lächerlich, seine Stimme, ein Kräch-
zen, wird verkauft als Gesang, kein
Foto von ihm, das ihn lächelnd zeigt,
ich hab ihn noch nie lachen gesehen,
ich mag solche Leute nicht, die sich
immer verstecken, sagte die Frau.

Zweimal am Morgen, dreimal in der Nacht, einmal am Abend. Das Kind kennt nur die drei Zeiten, bringt alles durcheinander. Aber auch die Erwachsenen, keiner weiß, warum die Sprache so schwierig geworden ist. Ein Wunder, sagen die einen, vom Menschen erschaffen, die andern, und wenn man darüber nachdenkt, wird es ein Problem.

Als Kind weinte er, wollte immer das andere. Etwas, das man nicht hatte. Keine Süßigkeiten. Nein, er begann zu weinen, wurde hysterisch, bis er sich wieder gefangen hatte. Es dauerte lange, fast eine Ewigkeit. Es war das Leben, das ihn ängstigte als Kind.

Es begann langsam, steigerte sich und verschwand, nur um gleich wiederzukommen. Vor allem wenn es regnete, schrieb er lange Briefe an Freunde, die keine Freunde mehr waren. Er glaubte, es könnte sich ändern, wenn er sich entschuldigte, auch wenn er sich nicht schuldig fühlte.

Der Hoteldirektor unterhielt sich mit Gästen. Auf einmal blickten alle zu mir herüber, interessiert, um nicht neugierig zu sagen. Er meinte, es sind immer die andern, die man braucht zum Glück. Wahrscheinlich hatte er recht, jedenfalls streckte er beide Daumen in die Höhe. Als er die Gesellschaft verließ, wusste ich nicht, was er meinte damit.

Ich hatte mich verirrt, der Weg wurde schmäler, links und rechts meterhohes Gras. Das Handy in der Tasche begann zu piepsen. Würde ich jetzt auf das Knöpfchen drücken, wäre der Teufel los. Ich hielt an, blickte mich um und dachte, wenn ich nichts falsch mache, kann ich mich selbst befreien, komme rechtzeitig zurück, sage einfach: Es lohnt sich nicht, dort hinzufahren! Noch war es aber nicht so weit.

Ich hatte eine Glücksphase. Nicht zu übersehen, dreimal die richtige Zahl. Neben mir eine Lady, die ihren Arm um mich legte. Sie sagte: Heute Nacht oder nie! Ich wusste, ich würde es machen wie alle andern auch.

Ein Feuerwerk nach Mitternacht. Die Wichtigtuer lassen einen nicht in Ruhe, müssen zeigen, wer sie sind, was sie haben. Man bezahlt es mit dem Schlaf. Und die Vögel in den Bäumen fangen an zu schreien.

123

Kaum hat man die Bergspitze erreicht,
geht es steil bergab. Man wundert sich,
woher die Fahrräder kommen, Radfah-
rer, was für ein altmodisches Wort, ver-
sperren mir den Weg. Ich habe sie alle
fotografiert. Schaue mir die Bilder an,
wenn mir langweilig ist.

Die Frau mit dem Hängebauch trug einen weißen Bikini, war bestimmt über
sechzig, ich weiß nicht, warum ich ihr
folgte. Sie ging vor dem Einkaufszen-
trum auf und ab, als würde sie auf einen Mann warten. Wahrscheinlich war
es das, was ich dachte, vielleicht wollte ich sehen, wer das ist. Als ich weiter Richtung Parkplatz ging, schaute
ich jedem Mann, der mir entgegenkam,
ins Gesicht.

Die Leute sind unzufrieden, schleppen ihre Kinder über den Strand. Übergroße Kühltaschen, Fressalien. Dann geht es los: Bälle fliegen ins Meer, Geschrei und Musik. Meine Ohrenstöpsel habe ich vergessen, auch die Liege. Das war der Anfang, dachte ich, den Rest erspare ich mir.

Der Mann hat alles gesehen, was er sehen wollte von der Welt. Ich kenne den Blick, der nichts mehr aufnehmen will. Ich kann ihn verstehen, was soll man auch noch sehen wollen, wenn man alles gesehen hat, was man sehen wollte. Ungewollt alles noch einmal sehen, um einer zu werden, der all jene nicht versteht, die noch nicht alles gesehen haben, oder nicht?

Ich bin einer, den nicht jeder versteht.
Ich bin einer, der nicht gleich verstan-
den wird, alles auf sich zukommen
lässt, reagiert, wo andere sagen, agie-
ren wäre wichtig. Aber das machen sie
nicht, beobachten mich, wollen nichts
zu tun haben mit mir und der Ruhe, die
mich umgibt.

Lebst du in deiner Zeit? Gehörst du dazu oder verachtest du die Jugend, die alles besser weiß? Gibst du dich hin der Illusion, es würde sich eines Tages ändern? Stellst du keine Fragen mehr? Willst du besser werden oder hast du nie daran gedacht, dich zu verbessern? Bist du ehrlich genug und gibst es zu: Ich habe das Wichtigste nicht erreicht, was ich erreichen wollte. Oder glaubst du, alles erreicht zu haben im Leben? Und wenn ja, was wäre das gewesen?

Wer sagt, dass er den besten Freund betrogen hat mit seiner Freundin? Wer spielt mit der Moral? Bist du schon einmal überwältigt worden von einer Frau? Wie ist das geschehen? Durch Worte? Taten? Wie hast du reagiert darauf?

Wer kennt seine Schwäche? Wer gesteht sie sich ein, so als sei es das Selbstverständlichste auf der Welt? Machst du weiter wie ein Schauspieler, der den zehnten Aufguss seiner Serie als Kassenschlager präsentiert, obwohl dich längst alle durchschaut haben?

Jeder will dir was verkaufen, bietet
seine Waren an. Eine selbstgemach-
te Puppe. Kleider, von Kinderhän-
den hergestellt. Obwohl du es weißt,
denkst du: Kinderarbeit! Ausbeutung!
Und nichts ändert sich.

Ich will keine Menschen mehr sehen,
nur herausfinden, wie es wäre ganz ohne Vergangenheit. Keine Vergleiche,
kein Heute, kein Morgen, kein Anfang,
kein Ende. Keine Gedanken, keine Er-
innerung. Nur eine Leere, die man aus-
füllen könnte mit Leben.

Der Anfang ist jetzt. Ein Neubeginn im Augenblick. Es ist nicht wichtig, darüber Bescheid zu wissen. Bevor es kommt, ist es da und verschwunden.

Keine Kriege, keine Morde, keine An-
schläge auf eine Gemeinschaft. Nichts,
was den Menschen Unglück bringt,
sie misstrauisch macht, keine Zukunft
zulässt. Sich nicht opfern für etwas,
das sich GLAUBE nennt.

135

War ich schon einmal hier oder bilde ich mir bloß ein, es sei wichtig gewesen, was ich gemacht habe?

Die Frau ist leicht zu durchschauen.
Sie grüßt nicht, setzt dafür ein Grinsen
auf, bleibt stehen am Nebentisch, fängt
zu telefonieren an. Da ist der Platz, wo
die beste Verbindung entsteht für Leute mit Handys. Meine Leichtgläubig-
keit ist verschwunden. Ich werfe ihr
einen Blick zu, damit sie versteht.
Aber sie versteht nicht, breitet laut-
stark ihre Stimme aus vor mir.

Wohin gehen, wenn alles belegt ist, einen die Menschen anschauen wie einen Eindringling? Aber das ist doch die Mentalität der Leute, die du so liebst, jetzt nur verwünschst, weil es dir schlecht geht. Bloß nicht krank werden, denkst du, keine Ärzte aufsuchen, um dann wie ein geschlagener Hund nach Hause fahren zu müssen.

Wer ist ehrlich, wer meint es ernst,
wer spielt nicht mit seinen Gedanken?
Wer lobt seine Kinder, seinen Garten?
Wenn es nichts zu loben gibt, immer
dann stellen sie es heraus. Ob gut oder
schlecht, Wahrheit oder Irrtum. Es
liegt alles so nahe beieinander, dass
es sich gegenseitig ergänzt.

Wozu das neue Gerät, wenn das alte noch funktionsfähig ist? Da stemme ich mich dagegen, lasse mir nichts aufdrängen. Die andern haben es schon, sagt die Frau, aber du kannst dich nicht trennen von dem alten Zeug! Soll ich weggehen von dir, frage ich, willst du dass ich mich trenne von dir?

Ich hatte eine Idee, wollte loslegen, aber wieder kam etwas dazwischen. Das Mädchen, das sich bückte vor mir, der Kellner. Das Flugzeug. Ich musste mich erklären beim Zimmermädchen, wollte in den Garten gehen, als das Telefon läutete, hatte ich den Gedanken verloren.

Die Frau rief vom Badezimmer aus,
gab mir dann die Schuld, weil ich sie
nicht verstand. KAKERLAKEN! Dabei
war es nur ein Hosenknopf. Wie der in
die Badewanne kam, keine Ahnung.
Ich stand auf dem Balkon. Und die
Sonne verschwand hinter den Wolken.

Es ist nicht wichtig, meinte der Fremde.
Der Rasenmäher am frühen Morgen:
eine Zumutung. Der Zimmerservice:
eine Frechheit. Die stellen billige Ar-
beitskräfte ein, untergraben die Gesellschaft. Es ist gar nicht so wichtig. Bis
alles wichtig wird, man nichts mehr
sehen will von der ewigen Sonne, dem
vielgepriesenen Strand.

Der Mann im Liegestuhl beobachtete am Strand eine Frau mit einem Baby auf dem Arm. Die Frau starrte ihn unentwegt an. Auch wenn ich gestern das Gegenteil behauptet habe von heute, es gehört dazu wie die Mutter zum Kind, sagte er, stand auf und stürzte sich ins Meer.

Ein sehr dicker Mann fixierte mich
erst durch seine Sonnenbrille, baute
dann nach einem ausgetüftelten Plan
zwei Liegen auf, kam mit Schub-
karren, Stühlen, Taschen und Decken
zurück, legte sich hin, sein Gesicht mir
zugewandt, und bewegte sich nicht
mehr. Langsam und träge auch seine
Frau. Ein echtes Paar, dachte ich. Nur
machte sie ihm Vorwürfe, stellte ihre
Liege nach links, dann nach rechts,
ging demonstrativ vor ihm auf und ab.
Leider verstand ich ihre Sprache nicht.

Die Leute glauben, der nächste Tag wird schöner als der Tag zuvor. Man muss nur das Richtige glauben. Das dachte ich schon als Kind. Aber es erfüllte sich nicht. Immer wenn ich etwas falsch gemacht hatte, wusste ich, dass ich bestraft werde.

Der Strand hier ist noch einigermaßen natürlich. Disteln neben der Straße und Blumen, die ich nicht kenne. Ein willder Sandstrand, wo die Leute ihre Liegen und Sonnenschirme aufbauen, genügend Abstand halten zueinander. Aber keine Bars, keine Hotels, kein Rimini auf dem Lande. Nur heute ist ein Arbeiter gekommen und hat mit einem Peitschenrasenmäher die Sträucher, Blumen und Disteln weggemäht, dass es nur so staubte.

Ein rotes Auto hielt am Straßenrand. Eine Frau stieg aus und stellte sich hinter den Wagen. Sie blickte sich mehrmals um, ging in die Hocke, fing zu pissen an. Ich stand auf der anderen Straßenseite, aber sie konnte mich nicht sehen. Als sie einstieg, merkte ich, dass der Motor noch lief. Was wäre geschehen, wenn der Wagen ohne sie davongefahren wäre, dachte ich und kam mir vor wie ein Voyeur. Am Nachmittag desselben Tages bemerkte ich vor einem Café die Frau mit einem Glas Rotwein in der Hand, wie sie aufmerksam in meine Richtung blickte.

Wohin führt dich dein Weg, wenn du in Gedanken spazieren gehst? An der Kapelle vorbei oder am SCHARFEN ECK, wo du fast jeden Sonntagnachmittag wartend neben den Filmplakaten gestanden bist, noch alles geglaubt hast, was man dir vorgesetzt hat. Und DER MANN MIT DER MASKE hat dich beobachtet, DER MANN MIT DER PEITSCHE, all diese verlogenen COWBOY- UND INDIANERFILME.

Der Montag wurde zum Sonntag, weil
am Samstag das Treffen stattfand, aber
sie meinte Sonntag, so wurde der Diens-
tag nicht erwähnt. Am Donnerstag gab
es ein Fest, das brachte sie durcheinander mit dem Freitag, der schon ver-
plant war. Sie trank in letzter Zeit sehr
viel, nahm auch Tabletten. Ob es damit
zusammenhing, wusste er nicht.

Das Kind schrie wie am Spieß. Der Mann baute seine Liege auf. Ist er schon da oder schläft er noch, rief die Frau von der Straße her. Alles geschieht hier gleichzeitig, lautete die Antwort. Als der Mann fertig war, hörte das Kind zu schreien auf. Und die Frau sagte: Schön ist es hier im Exil.

Früher gab es noch Bettler in der Stadt.
Vor allem auf die gutgekleideten Da-
men hatten sie es abgesehen, erklär-
te der Bürgermeister. Wahrscheinlich
weil sie sich was versprochen haben.
Noch heute patrouillieren Polizisten
nachts um den Platz.

Einmal unterwegs, bleibt man nicht stehen, unterbricht nicht die Fahrt, will nicht wieder halten, weil man gerade erst gehalten hat wegen einer Flasche Wasser. Man will endlich die Koffer auspacken, sich ausruhen von der idiotischen Fahrt. Und nichts als Idiotie war es doch, dass man losgefahren ist.

Das Gesicht ist braun, der Oberkörper
weiß, die Seele, danach fragt keiner.
Alles in Ordnung. Dabei hat man die
schlimmsten Sachen gemacht. Ich fühle mich schmutzig heute und wundere
mich, dass niemand das Böse sieht in
mir.

War es etwa keine Absicht, die kostenlos benutzbaren Raster am rechten Straßenrand zu verkleinern, aus einem Rechteck vier schmale zu machen für Mopeds und Motorräder? Nur weil auf der Seite zum Meer hin jetzt Parkgebühren verlangt werden, gibt es plötzlich zweimal so viel Motorräder wie Autos, dass man einfach gezwungen wird, zu zahlen, man von weitem schon die erbarmungslosen Politessen auf sich zukommen sieht.

Ob du Recht hast oder nicht, ist das so wichtig? Nein, wichtig ist nur, dass wir Recht haben, sagt der Konzern, und da gehen wir über Leichen. Verstehst du das nicht? Du hast keine Chance. Nichts ist uns wichtiger als das Recht. Glauben Sie uns oder wollen Sie nicht? Es liegt allein an Ihnen, ob Sie Recht haben wollen oder nicht.

Wagst du dich nicht ins Wasser, weil du nicht schwimmen kannst? Willst du das Schwimmen nicht lernen? Wer bist du, dass du behauptest, sobald jemand weg ist, kommt er nie wieder und das Erbe bleibt hier. Nimm es dir, lass es nicht liegen, es muss in die richtigen Hände gelangen.

Eine kurvenreiche Strecke war das, die kein Ende nehmen wollte: die Frau, die mich verlassen hat. Wahrscheinlich sieht sie jetzt schöner aus als zuvor. Oder sie ist fett geworden und alles tut ihr leid, was sie mir angetan hat, als ich beinahe die Kurve nicht mehr kriegte.

Wenn man nur geradeaus geht, kommt man an den Platz zurück, wo man aufgebrochen ist, sagt der Märchenerzähler. Ich habe noch keinen gesehen, der das gemacht hätte. Nichts als Fantasie. Einbildungskraft hab ich selbst genug, sehne mich manchmal sogar nach einer Frau, die mir sagt, wo es langgeht, aber auch nur zum Spaß.

Glauben Sie an die Zukunft? Haben
Sie alles zerstört in der Vergangenheit?
Was denken Sie bei dem Wort Vergangenheit? Ist es was Schlechtes, Un-
wiederbringliches oder haben Sie etwas daraus gemacht? Würden Sie es
am Ende noch einmal machen?

Hier vergeht die Zeit langsam. Hier bewegen sich die Leute träge. Hier bleiben die Züge oft stehen. Und wenn man nicht aufpasst, geht alles sehr schnell, als wollten sie es nachholen an einem Tag. Tatsächlich ändert sich oft alles auf einen Schlag.

Ein dunkelhäutiger Mann geht jeden Tag mit zwanzig buntbemalten Papierdrachen am Strand entlang. Sehr lustig sieht das aus, aber der Mann lacht nicht. Eines Tages dreht eine Frau ein kleines Video davon, und zeigt es ihrem Jungen zu Hause. Ein Jahr später fährt sie gemeinsam mit ihm an den Strand. Hast du nicht gesagt, hier lässt ein Mann immer so lustige Drachen steigen? Ja, sagt die Mutter, aber der hat eine bessere Arbeit gefunden, und alle Drachen sind davongeflogen.

Auf einmal war es da, klar und deutlich. Dass ich mir dachte, ich brauche
eine Brille: Ich habe dich nicht mehr
gesehen. Der Augenarzt meinte, alles
in Ordnung. Aber ich glaube, ich kann
nicht mehr sehen, was ich nicht sehen
will. Das andere schon. Nur ist das so
wenig, dass ich gar nichts mehr sehen
will, und doch alles sehe.

Die Melancholie gehört dazu. Sonst
wäre sie nicht hier. Gäbe es sie nicht,
wäre alles anders. Es tut mir leid, aber
ich bin heute sehr traurig, ich weiß
nicht warum. Etwas hat etwas aus-
gelöst in mir. Aber ich will mich nicht
dagegenstemmen, sonst werde ich
noch wütend und verderbe dir den
Tag. Es dauert nicht lange, es gehört dazu, so wie die Freude und das
Glücksgefühl, das bald wieder kommen wird, ganz bestimmt.

Wer bist du, was machst du, woher
kommst du, bist du traurig, bist du
glücklich, bist du groß, bist du klein,
bist du arm, bist du reich, hast du
Freunde, hast du Feinde, bist du jung,
bist du alt, was magst du, was magst du
nicht, woran denkst du, was wünscht
du dir, wer möchtest du sein, bist du
einsam, bist du allein?

Was mir gefällt, gefällt nicht jedem.
Ich brauche lange, bis ich verstehe,
was anderen gefällt. Ich bin kein
Fanatiker, auch fällt es mir schwer,
mich für diesen Sänger zu begeistern,
der angehimmelt wird von den andern.
Wenn ich den höre, denke ich, die
Welt dreht sich rückwärts.

Ich erfuhr zufällig, dass ein Kind über zehntausend Geschmacksknospen besitzt, und tausend Mal empfindlicher ist als ein Erwachsener, der davon nur noch die Hälfte hat. Und dass man ein Kind niemals zwingen sollte, etwas zu essen, was es nicht will. Dafür wird von Kindern in der Schule verlangt, ein Kunstwerk genauso zu sehen, wie es der Lehrer sieht.

Ich bin gerne allein. Ich habe mich nie
wohlgefühlt unter den Massen. Ich fühle mich den Menschen unterlegen. Ich
bringe es nicht fertig ihnen zu zeigen,
was ich denke. Erst allein fühle ich
mich im Einklang mit ihnen.

Ich habe noch nicht gezählt, wie oft die Sonne aufgegangen ist, seit ich auf der Welt bin. Das interessiert mich nicht. Ich bin froh, dass ich mein Geld zusammenhalten kann. Ich freue mich am Sonnenuntergang, an ihrem Widerschein in den Wolken. Ich freue mich, dass ich mich noch freuen kann, was ich bei anderen oft vermisse.

Ich weiß, wie es geht, du musst mir nichts beweisen, sagte sie, lass uns einfach Freunde bleiben! Nur konnte er das Wort Freunde nicht mehr hören. Sie hatte es schon so oft gebraucht. Von Freunden wollte er nichts mehr wissen. Aber das sagte er nicht, wollte warten, wie oft sie das Wort Freunde noch sagen würde.

Es ist ja verrückt, man will es nicht glauben, es dauert eine Ewigkeit, bis man am Meer ist. Ist man dann dort und hat sich eingewöhnt, muss man wieder zurück. Du musst nicht, sagte sie, musst du? Nein, eigentlich nicht, aber du. Und wieder fing alles von vorne an: Fahren wir oder fahren wir nicht?

Mein bisheriges Leben erscheint mir manchmal wie ein Vorwurf. Leute, die mich beeinflusst haben, als gäbe es nur mich auf der Welt: Das musst du lernen, und das musst du tun, wehe du machst es nicht! Ich hätte mich genauso verhalten, erklären sie heute, und versuchen in Gedanken erneut auf mich einzureden.

Rückwärtsgehen, das habe ich viel zu oft gemacht. Mich in Situationen begeben, in denen ich schon einmal war. Jetzt will ich keine Wohnungen mehr von früher, auch nicht die abgebrochenen Beziehungen von damals. Heute möchte ich Menschen begegnen, an die ich glauben kann, was aber fast unmöglich ist.

Du bist ein Perfektionist, sagte sie.
Und du machst es mir schwer. Alle
wollen, dass man es macht wie sie.
Aber so komme ich nicht weiter. Ich
gehe gerne spazieren mit einem Mann.
Eigentlich bin ich zufrieden, merke
nur, dass ich unzufrieden werde mit dir.

Sie wollen die Sonne aufhalten und den Mond, die Sterne. Aber es wird nie funktionieren. Es wird alles nur komplizierter. Die Beherrschung der Menschen durch den Menschen, dafür bin ich nicht auf der Welt. Irgendwann wirst auch du das begreifen, falls du nicht schon weiter bist als ich.

Komm endlich und iss, du musst doch was essen! Ja, aber ich vertrage den Schinken nicht, da krieg ich Sodbrennen. Iss endlich! Ich weiß, wann ich essen muss. Also dann, iss! Ich mag nicht, dass du so mit mir sprichst. Aber du musst doch was essen! Herrgott, kauf nicht so viel ein und gib mir nicht die Schuld! Ich gebe dir ja nicht die Schuld, ich meine nur, du kannst essen, so viel du willst! Eigentlich kennen wir uns lange genug, dass du wissen solltest, ich mag keinen Schinken, dafür Schimmelkäse, den esse ich für mein Leben gern, hast du keinen Schimmelkäse mehr?

Für was brauche ich ein sündteures Lexikon, für was einen neuen Sprachführer? Kultur, klar, das ist wichtig, aber nicht so viel, dass ich nicht mehr durchblicke. Außerdem lasse ich nicht alles gelten. Ich weiß, es ist schön hier, wo sonst fühle ich mich wie zu Hause. Im Herzen habe ich alles gespeichert, auch die Freunde, man muss gar nicht viel reden. Hab ich mich deutlich genug ausgedrückt?

Ich gehe jetzt, ich gehe! Das habe ich oft genug gesagt, es doch nicht getan. Was hält mich? Ich weiß nicht. Wenn es so weit ist, versuche ich es zu erklären, finde aber nicht den richtigen Weg. Andererseits heißt es, wenn man nichts vermisst, braucht man nichts mehr. Ich wünsche mir auch nichts. Es kommt immer ganz plötzlich. Bei einem Streit zum Beispiel geht es um die viel gerühmte Freiheit, und etwas in mir sagt: Geh endlich, geh!

Wer will schon einen Gescheiterten oder eine Gescheiterte? Einen Verlierer? Was ist es, das einen nicht weiterbringt? Sind die andern schon weiter als du, oder bildest du dir das bloß ein? Warum erhoffst du dir immer so viel, wenn du dir nichts mehr erhoffen kannst.

Es ergibt sich von selbst, du musst gar nichts tun. Du musst nichts wollen, nichts suchen, nicht ständig die Leute beobachten und auch nicht dich selbst. Es ist gar nicht so wichtig. Nichts ist wichtig. Es geht alles vorbei. Entweder du merkst es oder du merkst es nicht.

Geht der Mann da drüben mit einer
Krücke? Humpelt er? Ist er krank? Tut
er nur so? Will er immerzu auffallen?
Ich kann es gar nicht begreifen, plötzlich geht er wieder normal.

Kinder spielen Fußball auf dem Hotelgelände. Ich verstehe ihre Sprache nicht, nur ihre Begeisterung. Es wird dunkel, aber sie hören nicht auf, bis sie den Ball nicht mehr finden, und mit Geschrei auseinanderlaufen. Im Hintergrund das Geräusch eines Mähdreschers, der ein Feld aberntet bis spät in die Nacht hinein, mich erinnert an meine Kindheit.

Ich bin nicht interessiert, ich bin auch nicht neugierig, ich will nicht wissen, wie sich der Multimillionär kleidet. Auch nicht, dass er sich scheiden lässt, längst eine jüngere Freundin hat. Warum soll ich mir das anschauen? Ich will allein den Wetterbericht sehen. Nicht die Gewaltvideos, auch nicht das kostenlose Konzert der Rotzlöffelband. Eigentlich will ich gar nichts mehr sehen.

Ich brauche keinen Wahrsager. Ich
habe keine Angst vor der Zukunft. Ich
war immer optimistisch. Wenn es vorbei ist, dann ist es vorbei, und hat mit
Kaltblütigkeit überhaupt nichts zu tun.

Es waren immer die andern, die ihn wegbrachten von sich selbst. Er machte sie nach, imitierte sie. Erst als er allein war, begriff er, was es heißt, allein zu sein. Da gab es nichts mehr nachzumachen oder zu imitieren, außer sich selbst.

Der Mann erwähnte den allseits be-
kannten Satz: Der Ball ist rund und
Abseits, wenn der Schiedsrichter pfeift.
Die Frau fragte: Kannst du mir das
auch erklären? Weißt du, wie viele
Wassertropfen der Ozean enthält, fragte der Mann. Fußball ist ein Mysterium
wie die Natur.

Zurzeit will jeder an die Spitze, zurzeit sind alle verrückt. Man kann sich zu Tode ärgern, ändern kann man es nicht. Es ist gefährlich geworden, man muss vorsichtig sein. Das Leben hat mit dem, was es einmal war, nichts mehr zu tun, es heißt nur noch so.

Dreimal im Kreis herumgegangen, das Geldstück aber nicht mehr gefunden. Macht nichts, sagte das Kind, ich kaufe dir ein neues, wenn ich erwachsen bin.

Sehr gut vorbereitet und doch nichts erreicht. Also nochmal von vorne. Jetzt aber schneller, kürzer, von der anderen Seite her. Wieder Unsicherheit, Selbstzweifel, Existenzangst wie beim ersten Mal.

Schnee im Sommer und Winter im Herbst. Du musst mit allem rechnen, sagte die Mutter. Nicht aufgeben, nicht jammern. Du wirst dich noch wundern.

Das Haus steht auf einem Berg. Das Haus hat keine Zimmer. Das Haus ist klein. Das Haus ist groß. Das Haus stammt aus dem letzten Jahrhundert. Das Haus ist renovierungsbedürftig. Das Haus ist nicht bewohnbar. Das Haus ist alt. Das Haus ist neu. Das Haus hat kein Dach. Das Haus hat kein Fenster. Das Haus ist eine Bank. Das Haus ist eine Schule. Das Haus ist ein Gefängnis.

Er ist alt, er ist jung. Er ist unbestech-
lich. Er lässt sich auf keine Diskussio-
nen ein. Er taucht auf und verschwin-
det wieder. Er stellt keine Fragen. Er
bleibt allen ein Rätsel. Er gibt Antwor-
ten. Er wird gebraucht.

Gelächter in der Nacht. Das kommt vom Hotelchef, der seinen Freunden Champagner serviert. Das macht er, wenn er gut gelaunt ist, und das ist er oft. Man kennt sich. Kommt gerne wieder. Es gibt nicht viele Plätze dieser Art auf der Welt.

Noch ein Gedanke, der nicht zu Ende gedacht wurde, auf etwas wartet, sich breitmacht, alles erreichen will. Er spielt nur mit dir, kann dich zur Verzweiflung bringen. Wer ihn nicht beherrscht, will dabei gewesen sein, die Härte und die wohltuenden Schläge auch gespürt haben.

Es ist schlimm, wenn man niemanden
mehr hat, sagte die Frau, die alles hat,
sich keine Gedanken mehr zu machen
braucht um ihre Gedanken.

Hier denke ich weniger als woanders. Hier bin ich einer, der sich nicht aufregt, weil es nichts zum Aufregen gibt, ganz einfach ist und nicht weh tut. Hier fühle ich mich zu Hause, morgen wieder woanders, und übermorgen vielleicht schon wieder hier. Es ist wichtig zu wissen, dass man weiß, wo es schön ist.

Der Strand ist überfüllt mit Sonnen-
hungrigen, die im grellen Mittagslicht
herumspazieren, dass man meint, sie
spielten mit der Sonne. Sie gehen mal
hierhin, mal dorthin, bleiben wieder
stehen, dazu das Rauschen des Meeres.
Man gewöhnt sich daran, lässt sie in
Ruhe, liest ein Buch, geht ins Wasser,
das man nicht mag. Nur einmal da gewesen sein wollen alle an diesem Ort.

Wer es nicht kennt, muss es nicht kennen. Es dreht sich nur wieder um das, was jeder haben will. Weil Menschen, die alles haben, es wieder los werden wollen, sich abwenden, ins Gegenteil drehen. Nur wer es nicht weiß, ist glücklich, ohne sein Glück zu kennen.

Sollen wir uns ein Boot mieten? Wer hält das Steuer? Ich oder der andere? Keine Ahnung. Bloß Angeberei? Wenn du etwas nicht willst, warum machst du es dann? Weil die anderen es machen? Weil du es dir einbildest? Bildest du es dir ein? Wenn es nicht von dir kommt, was ist es dann?

Ich bin nicht der, der ich bin oder glaube zu sein. Die Leute sagen, ich sei rücksichtslos, unfreundlich, kein ehrlicher Mensch. Ich bin mir nicht sicher, weil ich überall das Gleiche höre.

Natürlich ist es gelogen, stimmt so nicht. Man könnte es auch anders sagen und alles würde sich ins Gegenteil drehen. Wer sagt schon die Wahrheit, die man von allen Seiten betrachten müsste. Wer glaubt einem Lügner? Wer kennt nicht die Versprechungen? Wer hat sein Wort noch nicht gebrochen? Wenn alles gelogen ist, ist die Wahrheit auch nur ein Wort.

Adelhard Winzer

Venedig, von hier aus
Aufzeichnungen. 212 Seiten
BoD – Books on Demand, Norderstedt
ISBN 9783749437481

*Wer sieht den roten Vogel, der an mir
vorübergeflogen ist unter der italienischen
Eiche? Niemand außer mir! Also gibt es ihn
nicht für die andern, auch nicht die Landschaft
mit ihren wechselnden Farben, den Mond und
das Meer, die unbeweglichen Sterne, außer sie
lesen das Buch der flüchtigen Augenblicke, das
ich geschrieben habe unter dem Baum, den
keiner kennt außer mir.*

Diese Arbeiten folgen keinem künstlerischen
Konzept, keiner Gesetzmäßigkeit, keiner Logik
im herkömmlichen Sinn. Niedergeschrieben in
einem Zug, frei von ablenkenden Gedanken
oder Zugeständnissen an eine literarische Form
enthält der Band zweihundert Aufzeichnungen
aus dem Unterbewusstsein. Allein das
Aufhören am Ende der jeweiligen
Notizbuchseite, um erneut beginnen
zu können, galt als Einschränkung
beim Schreiben dieser Texte.

Adelhard Winzer

Italienische Skizzen
Prosa. 136 Seiten
BoD – Books on Demand, Norderstedt
ISBN 9783750403208

Der Strand war menschenleer, der Mond spiegelte sich im Meer. Ich war hellwach, fing zu schreiben an. Es war eine Nacht voller Einfälle, Gedankensprünge. Ich wurde nicht müde. Der Tag hatte noch nicht begonnen.

„Adelhard Winzers Skizzen benötigen nur wenige Sätze und Zeilen, um eine besondere Atmosphäre einzufangen, über ein Empfinden Auskunft zu geben, ein Erlebnis zu schildern oder einer früheren Kränkung nachzuspüren. Die Reflexionen aus einem an Erfahrungen überreichen Leben schwingen zwischen den Themen Sprachlosigkeit und Geschwätzigkeit, Einsamkeit und Geselligkeit, Zweifel und Gewissheit. Zudem erweist sich Winzer als genauer Beobachter menschlicher Schwächen, der eigenen genauso wie denen der anderen. Über allem weht ein Hauch von Melancholie, vermischt mit italienischer Leichtigkeit."
Isa Schikorsky

Adelhard Winzer

Die Sprachgrenze
Geschichten. 2018. 184 Seiten
Paperback. ISBN 9783746087429
(Auch als E-Book erhältlich)

Lügengeschichten
2018. 132 Seiten. Paperback
ISBN 9783752862102
(Auch als E-Book erhältlich)

Stockholm Blues
Kurzprosa. 2018. 92 Seiten
Paperback. ISBN 9783752839814
(Auch als E-Book erhältlich)

Hundert Zeichnungen
2018. 116 Seiten. Paperback
ISBN 9783744885737
(Auch als E-Book erhältlich)

Grundsätze über die Kunst
2018. 72 Seiten. (Ohne Paginierung)
Paperback. ISBN 9783748102038
(Auch als E-Book erhältlich)

Adelhard Winzer

Andreas
(Reprint). 2019. 80 Seiten
Paperback. ISBN 9783749436804
(Auch als E-Book erhältlich)

33 Computer-Zeichnungen
2019. 88 Seiten (Ohne Paginierung)
Paperback. ISBN 9783748108559
(Auch als E-Book erhältlich)

Der Pensionist
Geschichten. 2019. 156 Seiten
Paperback. ISBN 9783749455041
(Auch als E-Book erhältlich)

Krethi und Plethi / Das Korkenspiel
Zwei Stücke. 2019. 124 Seiten
Paperback. ISBN 9783750414716
(Auch als E-Book erhältlich)

Die kürzeste Liebesgeschichte der Welt
Gedichte. 2020. 124 Seiten. Paperback
ISBN 9783750437289
(Auch als E-Book erhältlich)

Adelhard Winzer

Die Kunst des Drachentötens
Capriccios. 2020. 148 Seiten
Paperback. ISBN 9783751937122
(Auch als E-Book erhältlich)

Lieblose Zeiten
Gedichte. 116 Seiten. Paperback
ISBN 9783750452015
(Auch als E-Book erhältlich)

Liebes, böses Kind
Drama. 88 Seiten. Paperback
ISBN 9783751976794
(Auch als E-Book erhältlich)

Maratonga
Ein Traumspiel. 104 Seiten. Paperback
ISBN 9783751993920
(Auch als E-Book erhältlich)